CATALOGUE

D'ESTAMPES

MODERNES

ANGLAISES ET FRANÇAISES

NOMBRE AVANT LA LETTRE

LITHOGRAPHIES, PORTRAITS, VIGNETTES

OUVRAGES A FIGURES

dont la vente aura lieu

HOTEL DES COMMISSAIRES-PRISEURS

Rue Drouot, n° 5

SALLE N° 3, AU 1er

Le Vendredi 11 Novembre 1859

A 1 HEURE

Par le ministère de Me **DELBERGUE-CORMONT**, Cre-Priseur,
rue de Provence, 8 ;
Assisté de M. **VIGNÈRES**, Marchand d'Estampes,
rue de la Monnaie, 13, à l'entresol, entrée rue Baillet, 1,
Chez lequel se distribue le présent catalogue.

EXPOSITION PUBLIQUE

Le Jeudi 10 Novembre 1859, de 1 heure à 4 heures.

PARIS

RENOU ET MAULDE

IMPRIMEURS DE LA COMPAGNIE DES COMMISSAIRES-PRISEURS

Rue de Rivoli, 144.

1859

CONDITIONS DE LA VENTE

Elle sera faite au comptant.

Les acquéreurs paieront, en sus des adjudications, cinq pour cent applicables aux frais de vente.

M. VIGNÈRES, faisant la vente, se charge des commissions.

Nota. Toute commission sans prix fixé ou sans limite déterminée sera regardée comme nulle.

M. VIGNÈRES se charge de faire marquer les prix aux Catalogues des ventes qu'il a faites; les amateurs qui le désirent peuvent s'adresser à lui *franco*; très-utile aux amateurs éloignés pour se guider sur les valeurs des estampes.

DÉSIGNATION

DES

ESTAMPES MODERNES

ET PORTRAITS.

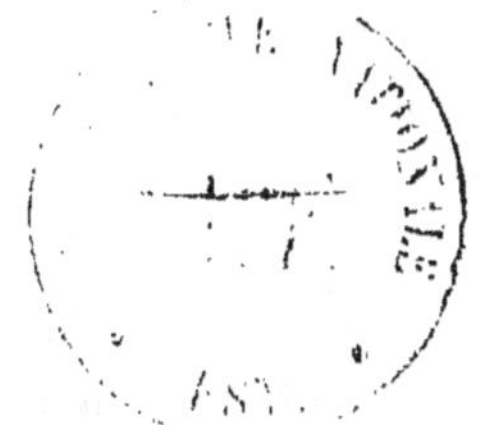

1 **Allais.** Don Juan et Haïdée, d'après Dubuffe.

2 **Amiel** (d'après). Jeune fille, par Léon Noël. Très-belle épreuve Chine.

3 **Anderloni.** Sainte famille, d'après N. Poussin. Très belle épreuve.

4 **Anonyme.** P. B. G. De Lamarre, d'après le dessin fait à Tarapia par le général Brune, ambassadeur. Portrait au trait très-rare.

5 **Aubry-le-Comte.** Maison de Michel-Ange, d'ap. Dejuine. 2 épreuves avant la lettre Chine, dont une signée avec dédicace.

6 **Baron**, de Lyon. Paysages à l'eau forte. 10 p. rares.

7 **Bellay.** Maréchal ferrant un des deux chevaux qui sont à sa porte. Charmante eau-forte rare.

8 — Grande vue de Lyon, d'ap. de Boissieu. Eau-forte pure, avant les montagnes terminées et autres travaux.

9 — La même, terminée avant les noms d'artistes. Superbe épr. Chine.

10 — La même, avec les noms d'artistes. Superbe épr. Chine.

11 — Cheval mangeant près d'une charrette. Manière noire, attribuée.

12 **Blery** (Eug.). Plantes, 4 p. à l'eau forte.

13 **Bonnington** (d'ap.). Les pêcheurs en mer et les pêcheurs débarquant le poisson. 2 p. par Quilley. Belles épr. avant le titre.

14 **Bosq**. Les adieux au monde, d'ap. Haudebourt. Superbe épr. avant la lettre Chine. Les noms à la pointe.

15 **Boys**. Picturesque architecture. Paris. Arras. Dieppe, Rouen, etc. 7 p. rehaussées de couleur.

16 — (d'ap.). Très-grandes vues de Paris, manière noire, avant toute lettre. 5 p

17 **Caron** (Adolphe). Le duc d'Angoulême en grand manteau, pièce pour le sacre de Charles X. Epr. d'artiste sur Chine. Superbe.

18 — La duchesse de Berry et ses enfants, d'ap. Gérard. Superbe épr. d'artiste sur Chine.

19 **Challe** (d'ap.). La comparaison, par Bouillard,

20 **Chambars**. La mort de Turenne, in-fol.

21 **Charlet**. Le grenadier de Waterloo. *Catalogue Lacombe*, n° 39.

22 — Carabinier. — Voltigeur. 204-205. 2 p.

40 — Le vin de la comète, 56. — Les quilles, 271 et autres. 5 p.

41 — Sujets de l'Artiste, croquis par divers artistes. 7. p.

42 — Vous croisez la baïonnette sur de vieux amis : Homme du désert. Le plus ailé des bizets, et autres. 7 grandes p. Pourra être divisé.

43 — La boule de neige. Superbe épr. avant la lettre, 267.

44 — Réjouissances publiques, 293. Superbe épr.

45 — Moi !!! Jacques Vincent 1, 347. Superbe épr.

46 — (d'ap.). Cours de politique, le Maître d'école, et autres. 4 p.

47 **Colny**. Portrait de Michallon, d'ap. L. Cogniet. Épr. Chine, très-belle.

48 **Collignon**. Les enfants et les fruits, d'ap. Diaz. — Le chariot de foin, d'ap. Dupré. 2 p. avant la lettre.

49 **Cousins** (Samuel). Miss Croker, d'ap. Lawrence. Superbe épr. avant la lettre Chine.

50 — Master Lambton, d'ap. Lawrence. Très-belle épr.

51 **Debucourt**. La promenade dans les galeries du Palais-Royal, 1787. Pièce curieuse sur les mœurs et coutumes du temps. Gravé en couleur.

52 **Decamps**. Le joueur de biniou. Superbe épr. d'eau forte pure. Rare.

53 — La même, retouchée à la pointe sèche. Rare.

54 — Femmes orientales lavant du linge à une fontaine. Eau-forte. Extrêmement rare. Des croquis d'animaux sont sur les marges du cuivre.

55 — Batailles d'Aboukir, Mondovi, et d'après lui le Singe peignant, 3 p.

56 — Croquis, sujets de chasse. 23 p. Broché.

57 **Delaistre**. La chasseresse, d'ap. Léon Cogniet. Superbe épr. d'artiste. Chine, signée par les artistes.

58 **Desmadryl**. Voltaire chez Mme de Pompadour, d'ap. Élise Boulanger. Colorié.

59 — Nature morte. 4 grandes compositions, à l'eau-forte.

60 — Terminés et coloriés. 3 p. dont un double avec différence de coloris.

61 — Petite fille avec un chien. Eau-forte pure. Superbe p. dans cet état avant toute lettre.

62 — La bénédiction des maisons. Superbe épr. avant toute lettre.

63 **Desnoyers**. Le roi de Rome, d'ap. Gérard. Superbe épr. toute marge.

64 **Deveria**. Naissance d'Henri IV. — Jugement de Marie Stuart. 2 très-grandes p. sur Chine, avant la lettre.

65 **De Vlamynck**, 1821. Phèdre avouant son crime à Thésée, d'ap. Odevaere. Superbe épr. sur Chine, avant toutes lettres.

66 — La même, avant toutes lettres, sur blanc.

67 — La même, avec la lettre, sur blanc.

68 — Portraits de Raphaël et de Rubens. 2 p. Superbes épr., sur blanc, avant toute lettre, in-fol. Toute marge.

69 **Dien**. Bataille d'Austerlitz, d'ap. Gérard. Très-belle épr. avant toutes lettres.

70 **Doo** (Georges). Na'ure, charmante composition, d'ap. Lawrence. Superbe épr., avant la lettre.

71 **Duclos** de Lyon. Animaux divers, les Acqueducs de Bonnant, Combat de taureaux, etc. 15 p. à l'eau-forte, 1re épr. avec des remarques et différents états.

72 — Animaux, bestiaux, etc. 19 p. à l'eau-forte. Epr. Chine, grandes marges.

73 **Durand-Brager**. Prise du Kent. — De la corvette *Lily*, 1804. — Combat du corsaire la *Citoyenne française*. 3 p. sur Chine.

74 **Eichens** (H.). Piété, Amour, Douleur, dans un entourage de Feuchère. Belle lithogr. sur Chine.

75 **Fichot** et **Gaildrau**. Fêtes et cérémonies de la République 1848. 10 p. coloriées.

76 **Fleischmann**. Rembrandt, d'ap. lui-même.

77 **Fragonard** (d'ap.). La leçon d'Henri IV, par Allais.

78 **François**, 1852. Alphonse Clarke, duc de Feltre, d'ap. P. Delaroche. Superbe épr. Chine.

79 **Garnier**. Virginie au bain, d'ap. Beaume.

80 — Saint Jean prêchant dans le désert, d'ap. Schopin. Très-grande, m. noire.

81 **Geille**. La Fayette, beau portrait in-fol. Superbe épr. d'artiste. Chine.

82 **Gelée**. La marée d'équinoxe, d'ap. Roqueplan. Superbe épr. d'artiste. Chine.

83 **Géricault** (par et d'ap.). Marche dans le désert et autres. 5 p.

84 **Girodet** (d'ap.). Les amours des Dieux. 16 p. sur Chine. Lithog. par ses élèves.

85 **Giroux** et de **Luna**. Baucher, Caroline, Lejars, Pellier. 4 portraits équestres.

86 **H. L.** Lyon ancien et moderne. 29 p. in-4°, à l'eau-forte, très-belles, toute marge.

87 **Harding** et autres. Ancienne France, etc. 15 p.

88 **Ingres** (d'ap.), 1811. Portrait d'homme tenant un chien griffon. Très-belle lithog., par Muret.

89 **Isabey** (d'ap.). Le barbier de Valbonne, peintre. Joli portrait en costume pittoresque, hussard de fantaisie de l'époque, par Aubertin, petit in-fol.

90 **Jazet**. Port-Royal creusé dans le roc de Cherbourg. Très-grande pièce historique curieuse, toute marge.

91 **Johannot** (Tony). Vignettes pour Lamartine, les Confidences et Raphaël. 11 p. Superbes épr. Chine. Avant la lettre. Grand papier.

92 **Klein**, 1814. Cavaliers militaires d'après nature, à Vienne. 6 p. à l'eau forte, toute marge.

93 **Lafosse**. A Sa Sainteté Pie IX, tous les peuples reconnaissants, d'ap. Colin. Grande lithog. à deux tons.

94 **Lane**. The Rivals. — Macready. — Hamlet. 3 p. Lithog. anglaises, sur Chine.

95 **Laugier**. Bonaparte à Jaffa, d'ap. Gros. Très-belle épr. toute marge.

96 **Laurens**. Beaucaire, Tarascon, monuments du bas Languedoc, Vignogoul, Lodève, Saint-Guillem-du-Désert, architecture de différents styles. 5 cahiers, ensemble 48 p.

97 **Lawrence** (d'ap.). Sir Alexandre Hop, général des forces. Très-beau portrait, petit in-fol.

98 **Lefèvre** (Achille). Général Foy, d'ap. H. Vernet. Superbe épr. in-fol., avant la lettre. Chine.

99 — Napoléon, d'ap. Steube. Superbe épr. d'artiste. Chine.

100 **Levis**, etc. Vues d'Espagne, Cour des Lions, Tour des infantes, mosquée de Cordoue, Grenade. 4 p. coloriées.

101 **Lignon**. Talma, d'après Picot. Superbe épr. avant la lettre.

102 **Maile**. Le Joueur, d'ap. Charlet. Avant la lettre superbe épr., toute marge.

103 **Marvy** et Ch. Jaques. 6 paysages, eaux fortes.

104 **Maurin**. La famille de Napoléon. 14 portraits groupés, très-belle épr. Chine, grand in-fol.

105 — Napoléon, portrait entouré d'allégorie. Chine, grand in-fol.

106 **Meulen** (Vander). Vues de Franche-Comté, château Sainte-Anne et autres. 8 p.

107 **Michalon** (d'ap.). Vues d'Italie, lithog. Chine. 21 p.

108 **Morghen** (R.). Louis XVIII. Superbe épr. sur Chine, — et par Audouin. 2 p.

109 **Muller**. Enlèvement de Psyché, d'ap. Prudhon. Très-belle épr. avant la lettre.

110 **Nanteuil**. Christine de Suède. Belle épr.

111 **Paris** (J.). Chien de berger, moutons, etc. 6 p. à l'eau-forte, très-belles et rares.

112 **Pingret**. Costumes du duché de Bade. 17 p. coloriées.

113 **Poppel**. Panorama de Cologne.

114 **Prout**. At Coblence, at Worms, 2 p. sur Chine.

115 **Prudhon** (d'ap.). Le Zéphir, la Vierge, Eucharis, Léda. 5 p. gravées et lithog.

116 **Quillet**. Le fort Rouge, près Calais. Grande et belle manière noire. Superbe épr. toute marge.

117 **Raeburn** (d'ap. S. Henri). Son portrait. Superbe épr., lettre grise. *Proof.*

118 — Le même, avec la lettre. Très-belle épr. blanc.

119 — Walter-Scott. Superbe épr., lettre grise. *Proof,* sur Chine.

120 — Le même avec la lettre, sur blanc, très-belle épr.

121 **Raffet**. Bonaparte, général, couronné par la Victoire. — Némésis sur un cheval fougueux. 2 p. Superbes épr. Sur papier blanc avant de servir pour affiches. Très-rares.

122 **Raimbach**. The errant boy, d'ap Wilkie. Superbe ép. Chine. La lettre grise.

123 **Reynolds** (S. W.). La lettre d'introduction, d'ap. Stephanoff. Très-belle épr. avant la lettre.

124 — Moyse, d'ap. Champagne. *Proof.* Très-belle épr.

125 — Buste de dame en chapeau noir, d'ap. Jackson. Superbe épr. avant la lettre.

126 — Napoléon à Sainte-Hélène, d'ap. H. Vernet. Superbe épr. en bistre avant toute lettre.

127 — Lord Mansfield, Lord Thurlow, Miss Lister, Mrs Abington, Sainte-Cecilia, The Holy Family, Muscipula. Chine. Le paysage aux trois arbres, d'ap. Rembrandt. La princesse Augusta Sophia, Napoléon à cheval, d'ap. Charlet. 10 p. *Proof,* seront divisées.

128 — La Madeleine, d'ap. Corrége, avant toute lettre. Superbe épr.

129 — La duchesse de Gloucester, d'ap. Laure Girard.

130 — Joseph Bonaparte, en 1831, aux États-Unis. Manière noire, petit in-fol., très-belle épr.

131 — Henri Ashworth, d'ap. Du Val. Sup. épr. ch.

132 **Richard** de Lyon (d'ap.). Charles VII, par Plée. Valentine de Milan, par Fauchery. 2 p. sup. épr. d'artistes sur blanc.

133 **Richter.** (Illustrations of the Works of). 4 pl. et texte in-fol. (Le Désordre dans l'école).

134 **Robinson.** Ch. Green, aéronaute, en consultation sur le voyage aérien de Londres en Hollande. Sup. épr. avant la lettre.

135 **Rubens** (d'ap.). Le Jard n d'amour. Lithog. ch. de la galerie de Dresde.

136 **Scheffer.** Introduction des arts en Allemagne par le christianisme, d'apr. Weit. Très-grande et belle pièce sur chine, avec le texte expliqué par Passavant.

137 **Scheffer** (d'ap.). la Famille du marin, par Girard. Très-belle épr. sur chine.

138 **Signol** (d'ap.), Jésus et la femme adultère, par Léon Noël. Épr. chine.

139 **Silvestre.** Vues du château de Fontainebleau. 5 p. grand in-fol , très-belles marges.

140 **Sixdeniers.** Redemptor mundi, d'ap. Colin. Très-belle manière noire.

141 **Tassaert** (d'ap.). L'art n'est pas fait pour toi, etc. En couleur et le pendant avant la lettre, ch. 2 p.

142 **Van Huysum** (d'ap.). Les Fleurs. -- Les Fruits.
2 p. à l'eau forte avant d'être terminées, par Earlom. Rare de cet état.

143 **Vernet** (Carle). Chasse du duc de Berry, accidents de la chasse. 6 p.

144 **Vernet** (Horace). Boyer, rare ; Perlet, Chambure. 3 p. superbes.

145 — Carle Vernet en buste et en pied. 2 p. sup. ép.

146 — Sépulcre de Raphaël. Très-belle épr.

147 — Sinné, sauvage de Sahara, naufrage, camp de Sidi-Hamet. 3 p. rares.

148 — Édithe au col de Cigne, les Forçats, etc. 3 p.

149 — (Par et d'ap.). Sujets militaires et autres. 10 p.

150 — Fables choisies, etc. 7 p.

151 — Sujets de chasses et autres, sur pap. de coul. 6 p.

152 — L'apprenti cavalier et autres. 7 p. pap. de coul.

153 — La redoute et autres. Papier de couleur. 8 p.

154 — Stage Coach et Malle-poste. 2 p. très-belles.

155 — Le général Quiroga. Grand in-fol.

156 — Mort du prince Poniatowski.

157 **Vignettes.** Le Zéphir de Prudhon et autres. 9 p.

158 — Mona Lisa, François 1er. 12 p.

159 — Pour Keepsake anglais. 10 p.

160 — The Sisters, Miss Croker, etc. 10 p., plusieurs avant la lettre.

161 — Vues de villes et châteaux. Grav. et lith. 16 p.

162 — Collection de 63 vignettes pour les OEuvres de Beranger, par les meilleurs artistes. Sup. épr. Grand papier.

163 — De 24 vignettes pour les OEuvres de Paul de Kock, d'ap. Raffet. Très-belle épr.

164 **Vignettes anglaises** pour Keepsake, d'après Bonnigton, Landseer, Lawrence, Smirke, Stephanoff, etc. 25 p. avant la lettre, grand papier sur chine. Pourra être divisé.

165 — Illustrations to Friendship's offering 1828. Ép. avant la lettre sur papier porcelaine. 20 p., dans son petit portefeuille.

166 **Walker**, John Earl of Hopetoun, en pied, près de son cheval. *Proof*, chine grand in-fol.

167 — Le même. *Proof*. Blanc.

168 **Walker** (S. W.). Alex. Hope, lieut.-général, d'ap. Lawrence, en 1810. Sup. ép. petit in-fol.

169 — Rev. Archib. Alison. Sup. épr. sur chine, avant le fond terminé.

170 — Le même. Sur blanc, d'ap. Raeburn.

171 — Sir Henri Raeburn, peintre, d'après lui-même. Superbe ép. sur chine, *proof*.

172 — Le même, avec la lettre sur blanc.

173 — Walter Scott. Sup. ép. lettre grise, ch., *proof*.

174 — La même avec la lettre sur blanc. Très-belle.

175 **Wattier** (E.). Homme et dame dans un bateau. Très-jolie eau forte. Sup. ép. chine avant toute lettre.

176 **Lithographies**, par Alaux, Coupin, Coutan, Midy, d'ap. Scheffer, etc. 16 p., sup. ép.

177 — Sujets d'Henri IV. Gustave Wasa, etc. 4 p.

178 — Sujets gracieux en couleur. 6 p.

179 — Paysages, par Hubert, Mouilleron, etc. 6 p.

180 Vues d'Algérie, avec ton et coloriées. 20 p.

181 Paysages, par Calame et autres. 37 p.

182 Vues de Venise, Naples, Zurich. 5 p.

183 Galeries d'amateurs, par Leroux, Marvy, Mouilleron, d'ap. Baron, Cabat, Diaz, Marilhat, Rousseau, etc. 12 p. très-belles, vol. demi-rel. filets.

184 Galeries modernes et étrangères. 2 p. Voyage au Caucase. 2 p., en tout 4 p.

185 Souvenirs de Napoléon, par Adam, Marin Lavigne et Bayot. 3 très-grandes pièces chine et blanc.

186 Sacre de Charles X, cahier de 10 p. plus la voiture du sacre et l'entrée à Paris. 11 p.

187 Têtes d'études, grandeur naturelle, dont le Giaour d'après Scheffer. Seront divisées.

188 Galerie de Versailles, le sacre de Charles X, d'ap. Gérard. Portraits, vues intérieures. 7 p. Pourra être divisé.

189 Sujets religieux d'ap. Cornélius, Overbeck et Vitraux. 5 p.

190 — Germanie, Joseph et Putiphar, Joconde. 3 p.

191 Flore d'Amérique, par Denisse. 12 pl. coloriées.

192 Études de genre et autres, par Victor Adam, Férogio, Valerio, etc. Plus de 50 p.

193 Monuments de l'Égypte. 9 très-grandes p.

194 Caricatures parisiennes, sur la vaccine, sur les Écossais, etc. 10 p. curieuses.

195 — Modernes, fariboles, Daumier, Quillenbois, etc. Noir et coul. 13 p.

196 Versailles, les écuries, par Le Pautre, et autres
vues, par Silvestre. Plan et élévation d'une église
pour Montreuil. 5 dessins lavés, par Le Dreux,
architecte, 1754. 10 p. Pourra être divisé.

OUVRAGES A FIGURES.

197 Le théâtre de Lyon, d'après les dessins de Souf-
flot. 9 p., plans, détails, élévation.

198 Voyage à Naples et en Sicile, par Richard de
Saint-Non. 77 planches et 3 cartes, en tout 80 p.

199 Album du nouveau Bellevue. 6 pl. gravées et coloriées et texte petit in-fol.

200 Musée de Paris, formant le 11e vol. du Musée
Filhol. 72 vignettes et texte en feuilles.

201 Les armées d Europe, costumes militaires, publiés
à Munich, coloriés. 384 pl. Ouvrage difficile à
rencontrer.

202 Nederlandsche Kleederdragten, costumes hollandais. 9 livraisons de 4 pl. coloriées et texte hol.-
français, 36 pl. in-fol., publiées à Amsterdam.

203 Actions héroïques des Hollandais sur mer. 33 p.
lithog., publiées à Amsterdam.

204 Galerie de Dresde. Livraisons de 1 à 21, contenant
63 p. lithog. Superbes ép. sur chine, in-fol.

205 **Adam** (Victor), Panidochome ou toutes sortes
de voitures. 37 pl. en 2 cahiers brochés.

206 **Ambert.** Esquisses de l'armée française, des-
sinée par Charles Aubry. 16 pl. et texte in-fol.,
beau vol. demi-rel. m. rouge.

207 **Calame.** Vues des vallées de Lauterbrunnen et Meyringen. 18 p¹ sur chine, demi-rel. rouge, fers dorés sur les plats.

208 **Canuti.** Histoire de saint Antoine de Padoue. 8 p.

209 **Duperly** (Ad.), Daguerian excursion in Jamaïca. 24 pl. avec ton.

210 **Durand-Brager.** Sainte-Hélène, translation du cercueil de Napoléon, dédié au baron Gourgaud. 29 pl. in-fol. et texte, beau vol. demi-rel. m. rouge.

211 **Houbloup.** Museum pittoresque ou histoire naturelle des gens du monde. 50 pl., noir et texte en marge, cartonné.

212 **Imbard,** architecte. Tombeau de François 1er. 20 pl. et texte petit in-fol., dont le port. de **Philibert Delorme.**

213 — Tombeau de François 1er. 13 pl. et texte grand in-fol , dont le portrait de Philibert Delorme.

214 **Le Rouge.** Description du château de Chambord. 10 p. complet.

215 **Marcel.** Monnaies diverses ayant cours en Algérie. 9 feuilles imp. des deux côtés, in-fol. carton.

216 **Maugendre.** Société anonyme des mines et fonderie de zinc de la Vieille-Montagne. 31 pl. in-fol., coloriées, carton.

217 **Moltzheim.** Artillerie européenne. 27 pl. col.

218 **Pensée** (Ch.). Orléans, album-guide, 30 pl. dont le plan et texte, 1843, broché.

219 **Raphaël** (d'ap.), Psyché, Londres, 1759. 32 pet. p. demi-rel. veau rouge au monog de Deveria.

220 **Redouté**. Choix de 60 roses. 12 pl. coloriées.

221 **Sorrieu**. Ascension au Vignemale, par le prince de la Moskowa. Vol. pet. in-fol., 4 pl. et texte, demi-rel. violet.

222 **Valerio**. Costumes du grand-duché de Bade. 37 pl. rehaussées, de coul. demi-rel. v. viol. tr. d.

223 **Vendermeulen**. Bataille de Louis XIV. 38 très-grandes pl. dont le portr. de Vandermeulen. Beau volume maroquin violet, filets, fers.

224 **Vigneron**. Album de 6 sujets sur la mort du duc de Berry. Demi-rel. oblong.

225 **Villeneuve**. Bords du Rhin, 1836. 24 pl. br.

226 Fasti militari ossia guerre dei Popoli Europei, dal 1792 al 1815, par Bellecour. 3 vol. grand in-8, fig., demi-rel. violet, Florenze, 1843 (en Italien).

227 Catalogue raisonné de la rare et précieuse collection d'estampes réunie par les soins de M. F. Debois, rédigé par P. Defer. Paris, 1843. Exemplaire grand papier ex dono avec prix, demi-rel. m. vert.

228 Traité du pastel, coloris des lithographies, table d'autel en or fin d'Henri II. Esquisses, croquis, pochades sur le Salon 1827, par Jal. 6 vol. et br.

229 Sous ce numéro les estampes non cataloguées : paysages, portraits, écoles anglaise, française et italienne, etc., plusieurs lots.

Renou et Maulde, imprimeurs de la Compagnie des Commissaires-Priseurs, rue de Rivoli, 144.   3553

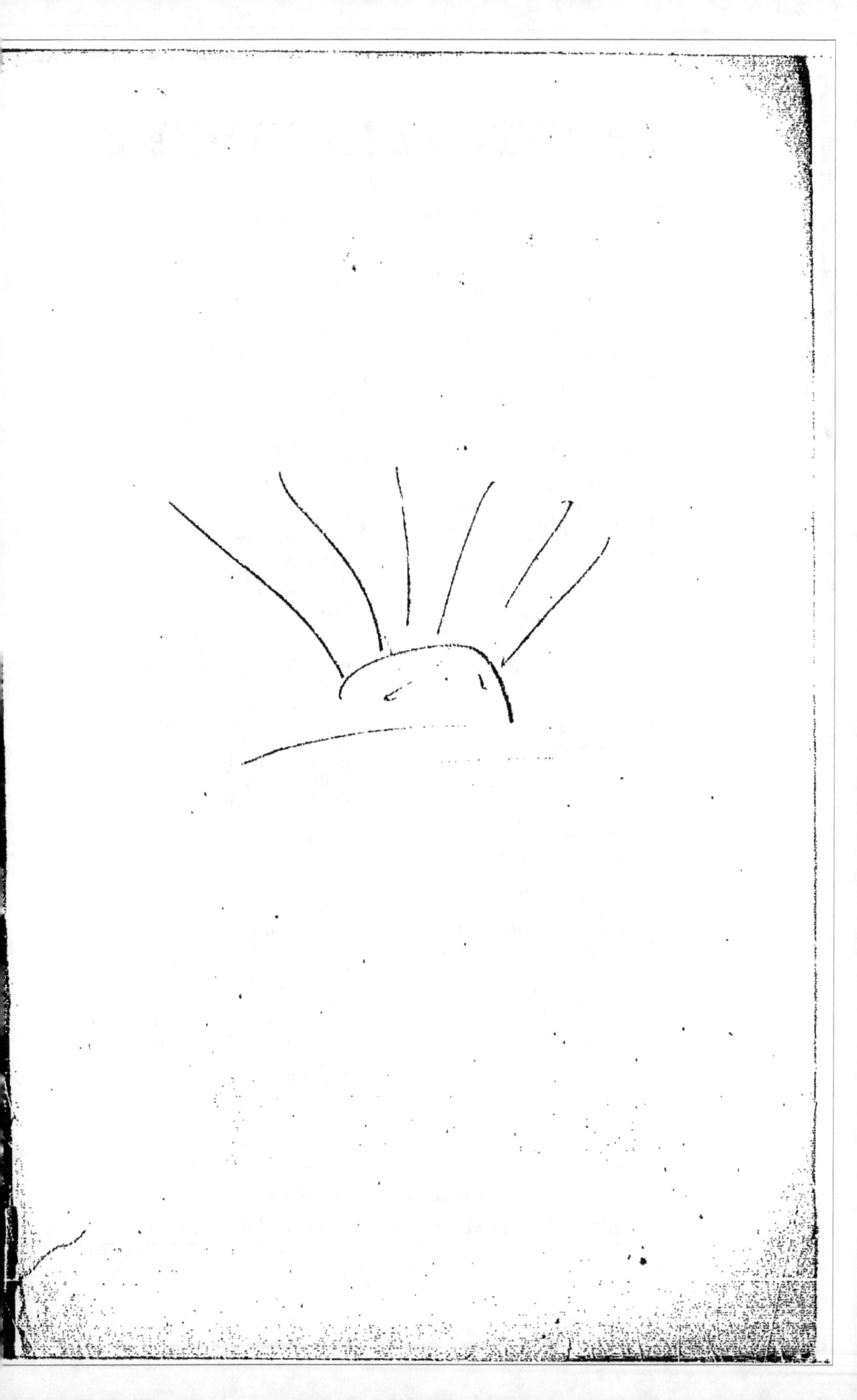

PORTRAITS DIVERS

GRAVÉS

PAR AMBROISE TARDIEU

OVALE IN-8°.

Papier format in-4°. — Chaque : 25 centimes.

Addison, poëte dram. angl.
Aguesseau (H. F. d'), chancel.
Aignan (Et.), poëte lyrique.
Alembert (d'), académicien.
Alfieri (V.), poëte dramat.
Amyot (J.), évêque.
Andrieux, poëte dram., académ.
Arioste (L.), poëte italien.
Azaïs (P. H.), philosophe.
Balzac (J.-L. Guez de), acad.
Becker, général.
Belliard, général.
Berchoux, littérateur.
Berthollet, chimiste. Pair.
Bessières, maréchal.
Boileau-Despréaux.
Chasseloup de Laubat, général.
Choiseul (duc de), pair.
Colomb (Christophe).
Corneille (P.), poëte dram.
Cousin (Victor), acad.
Daunou, historien.
Dessolles, général.
Diderot, littérateur.
Etienne, poëte dram.
Fénelon, archevêque.
Français de Nantes, comte.
Gouvion Saint-Cyr, général.
Grimm (F.-M.), critique.
Horace.
Jay (Antoine), historien.
Jouy, poëte dram.
Juvenalis, poëte satyrique.
Kellermann, général, pair.
Kellermann fils, général, pair.
Klein, général, pair.
Labbey de Pompierre, député.
La Bruyère (Jean de).
Lafayette, général, député.
La Fontaine (Jean de).
Laplace (marquis de), acad.

Le Brun (prince), pair.
Lefèvre, maréchal.
Lemontey, historien.
Louis (baron), ministre.
Massillon.
Molière.
Montaigne.
Montesquieu (Ch. Secondat de).
Mortier, maréchal.
Moustalon.
Mozart.
Murat (Joachim).
Napoléon, empereur.
Ovide, poëte latin.
Pelet de la Lozère.
Percy.
Philippe II, roi d'Espagne.
Piron, poëte comique.
Pradt (D. Dufour de), archev.
Racine (Jean).
Rampon, général.
Regnard, poëte comique.
Reille, général.
Ricard, général.
Rollin, historien.
Rossini (Joachim).
Rousseau (J.-B.).
Rousseau (J.-J.).
Saint Augustin.
Saint Bernard.
Saurin (Jacques).
Scott (Walter).
Sébastiani, général.
Séguier, chancelier.
Ségur (comte de), pair.
Soules, général.
Suchet, maréchal.
Tissot (P.-F.), poëte et prosateur.
Tite Live, historien latin.
Virgile.
Voltaire.

Caylus (Marg. de Valois, comt. de).
Dacier (Anne Lefèvre).

Gay (Sophie).
Sévigné (marquise de).

Chaque : 50 centimes.

SE TROUVE CHEZ VIGNÈRES, 1, RUE BAILLET, A PARIS.

Imp. Maulde et Renou, rue de Rivoli, 144.